Vte DE SAVIGNY DE MONCORPS

PETITS MÉTIERS

ET

CRIS DE PARIS

PARIS

LIBRAIRIE HENRI LECLERC

219, RUE SAINT-HONORÉ, 219

1905

PETITS MÉTIERS

ET

CRIS DE PARIS

LA MARCHANDE D'ESTAMPES
Fac-similé d'un dessin de Schenau
Cabinet du V.te de Savigny de Moncorps

Vᵀᴱ DE SAVIGNY DE MONCORPS

PETITS MÉTIERS

ET

CRIS DE PARIS

PARIS

LIBRAIRIE HENRI LECLERC

219, RUE SAINT-HONORÉ, 219

1905

Dans ces quelques notes sur les « Cris de Paris », je n'ai nullement la prétention de dire du nouveau ; après la savante dissertation de l'érudit Georges Kastner dans laquelle il traite la question au point de vue historique, littéraire et musical, après la charmante et très humoristique préface d'Henri Beraldi pour le *Paris qui crie*, publié par la Société des Amis des livres, il ne reste plus rien à glaner ; mais en réunissant les indications recueillies dans les Bibliothèques publiques, dans celle de mon savant confrère des Amis des livres, Paul Lacombe, dans la petite collection choisie de M. Alfred Dupré, dans les Manuels de bibliographie (1) et chez de très obligeants libraires (2), je n'ai d'autre but que de

(1) Ceux de mon excellent ami et très distingué confrère de la Société des Bibliophiles françois, Georges Vicaire, qui a bien voulu aussi me donner des renseignements très précieux, ce dont je lui suis très reconnaissant.

(2) MM. Carteret, Henri Leclerc et Édouard Rahir, auxquels j'adresse ici tous mes remerciements.

faciliter les recherches, servir de guide, si je puis m'exprimer ainsi, à ceux qui se plairaient à rassembler des documents sur les petits métiers et les marchands ambulants, dont le passage anime les places et les carrefours, les impasses et les ruelles de notre chère cité.

Leur circulation à travers les rues, leurs cris variés, chantés, pour ainsi dire, sur des airs conservés par la tradition, constituent un des petits côtés pittoresques du Paris-vivant.

Ces documents sont très nombreux et peuvent se diviser en deux séries que nous examinerons successivement : 1° les Livres ; 2° les Estampes.

I

LES LIVRES

—

Voulez-vous ouir chansonnette
De tous les cris de Paris ?
L'une crie allumette !
L'autre fusils, bons fusils !
Costrets secs. A la male tache,
Verres jolis ! Qui a de vieux souliez
A vendre en bloc et en tasche ?
Beaux œufs frais, gelez, choux gelez.

Auranges, citrons, grenades,
Fourmage hors de Milan,
Salades, belles salades,
Faut-il du bon pain challant ?
A ramoner la cheminée
Hault et bas. Vieux fer, vieux drapeaux !
Beaux choux blancs, ma belle porée.
Moutarde, almanachs nouveaux.

Vin aigre bon, bon vin aigre,
Sablon à couvrir les vins.
Charbon de rabays en Gréve,
Le minot à neuf douzains.
Du grays, grays. A la fine eguille.
J'ay la mort aux rats, aux souris,
Antonnoirs, bons forets et vrilles,
Ça chalants, à curer les puits.

Argent cassé, vieille monnoye.
Emouleur, gaigne-petit,
Croye de champagne, croye,
Oublie, oublie, où est-il ?
A deux liards les chansons tant belles.
Douces meures, gentil fruit nouveau.
A mes beaux cerneaux, noix nouvelles,
Capandu, poires de certiau.

Gros fagots, seiche bourrée.
A mes beaux navets, navets.
Chicorée, chicorée.
Argent de mes gros ballets.
Noir à noircir, couvercle à lessive.
Peignes de bouys. Gravelé, grave l'eau.
Beaux marrons. A l'escaille vive !
Chaudronnier. Qui veut de belle eau ?

A quatre deniers la peinte
Gentil vin blanc et clairet.
Éguillette de fil teincte.
Argent du fin trébuschet.
Vert verjus, oignons à la bote.
Harenc sor. Panets, beaux panets,
Beau cresson ! carote ! carote !
Pois verds, féves de maretz.

Prunes de Damats, cerises,
Quonquombre, beaux abricaûx,
De bon ancre pour escrire.
Beaux melons, gros artichaux.
Harenc frais, maquereau de chasse.
A refaire les seaux et soufflets.
Cytroulles. Filace, filace.
Qui a vieux chapeaux, vieux bonnets ?

Fourmage de cresme, fourmage.
Aux racines de percins.
Rave douce, belle asparge.
Beau houblon. Peau de conin.
Gerbe de froment. Foirre, nouveau foirre.
Bons rateliers, chambrière de bois.
Beau may de houx. A la pierre noire.
Ruben blanc, ruben, beaux lacets.

A trente escus l'émeraude
Et l'aneau de grand valleur.
Féves cuites toutes chaudes.
Pain d'espice pour le cœur !
Beaux chappelets, couronne royalle.
De beaux coings, pêches deCorbel.
Beaux poreaux, gros navets de halle.
Beaux bouquets. Qui veut de bon laict ?

Figues de Marseille, figues.
Beaux merlus, chervis de Trois.
Carpes vives, carpes vives.
Beaux espinards, lard à pois.
Escargots, tripes de moruë.
Beaux raisins, bon pruneau de Tours.
Ainsi vont crians par les rues
Leurs estats, chascun tous les jours.

Tels étaient, aux XVᵉ et XVIᵉ siècles, les cris de Paris rassemblés dans la chanson *qui se chante sur la volte de Provence*, conservée au Recueil de Maurepas ; ils diffèrent peu des *crieries* mises en vers par Guillaume de la Villeneuve, au XIIIᵉ siècle, et de celles que nota Jeannequin sous le règne de François Iᵉʳ. Tous ces cris se retrouvent, avec une orthographe modifiée, suivant les époques, dans la plupart des opuscules ou volumes ci-après signalés (1) :

— Les Rues et les églises de Paris, avec la despence qui se fait par chascun jour. *S. l., s. n. d'impr. et s. d.* (Paris, Pierre le Caron, 1499 ?). In-4, caract. gothiques.

    Nᵒ 500 du *Catalogue des incunables de la Bibliothèque municipale de Grenoble*, par Edmond Maignien, conservateur.

    D'après une note de la préface, cet exemplaire doit être cité comme unique en France.

— Les Rues et eglises d'Paris, auec la despēce qui si fait chacun iour, le tour et lenclos de ladite ville. Auec lenclos du

(1) La version que je viens de donner m'a semblé être, entre tant de versions diverses, la meilleure à adopter ; c'est celle de 1572 qu'a imprimée J. Assézat dans une note de son édition des *Œuvres facétieuses de Noël du Fail*, tome I, p. 65 *(Bibliothèque elzévirienne)*.

bois de Vincēnes et les epytaphes de la grosse tour du dit
bois ; qui la fonda, qui la parfist et acheua. Et auec ce la
longueur, la largeur et la haulteur de la grant eglise d'
Paris, auec le blason de la dite ville. Et aucūs des cris q̄
lon crie parmy la ville. *S. l. n. d.* Petit in-4, goth. de 10 ff.

A la fin, marque de Pierre le Caron, qui exerça de 1489 à 1500.

— Les Rues et eglises de Paris [même titre que le précédent]
et aussi les crys joyeulx qui se cryent par chascun jour en
icelle ville de Paris. *S. l. n. d.* In-4 goth. de 6 ff.

— Les Rues et églises de Paris [même titre que les précédents]
et aucūs des cris q̄ lon crye parmy la dicte ville. *S. l. n. d.*.
Pet. in-4 de 10 ff.

Les quatrains sont intitulés : *Les crys d'aucunes marchandises
que l'on crye parmy Paris.* Cet opuscule fait partie d'un recueil
de pièces diverses, conservé, à la Bibliothèque nationale, sous la
cote Y. 44.81 + 15.

— Les Rues et eglises de Paris [même titre que les précé-
dents]. Item plus les critz que len crye parmy la dicte ville
de Paris. Item les noms des colleges de la dicte ville de
Paris. *On les vend a Paris sus maistre Guichard Soquand
devant Chastel Dieu. S. d.* (vers 1525). Pet. in-8º goth. de
12 ff. de 33 lignes à la page pleine. Sign. par 8, *b* par 4 ff.
(Cat. de Lignerolles, nº 2.983.)

Au Catalogue Rothschild, tome 3 (nº 2302), il y a un exemplaire
d'une édition de cette pièce, avec titre identique, pet. in-8º
gothique, fig. sur bois au titre, également de 12 feuillets avec
les mêmes signatures, sans date mais sans nom de libraire ou
d'imprimeur. Le rédacteur du Catalogue signale que cette édition des *Rues et eglises de Paris* présente de nombreuses variantes avec celle donnée par Pierre le Caron.

— Les Cris de Paris. *A Paris pour la vefve Jean Bonfons, rue*

Neuue-Nostre-Dame à l'enseigne Sainct-Nicolas. Pet. in-4
goth. de 21 ff. non chiffrés.

Au recto du 17e feuillet, on lit : « Fin des cent sept cris que l'on
crie iournellement à Paris, de nouveau composé en Rhimme
françoise pour resiouir les esperit et fut acheué d'imprimer le
cinquiesme iour de may mil cinq cent quarante cinq. » La suppli-
que « à Monsieur le preuost de Paris » pour demander la permission d'imprimer se trouve au verso de ce feuillet.

Au recto du f. suivant : « Les cris qui ont este adioustez de nouueau outre les cent sept nō encore imprimez iusques a présent,
il y en a vingt et un dadioustez comme sensuyt ». Suivent ces
différents cris. Au recto du 21e feuillet, on lit : « *Cy fine le present liuret imprime à Paris pour Nicolas Buffet demourant a la
rue descosse deuant le College de Reims MDXLV.* Cette édition
des *Cris de Paris* a été réimprimée dans la « Bibliothèque
gothique. » V. ci-dessous.

— La Fleur des Antiquitez, singularitez et excellences de la
Noble ville, Cité & Vniversité de Paris, Capitale du royaul-
me de France : avec la Genealogie du Roy Françoys premier de ce nom. De nouveau ont este adioustees plusieurs
belles singularitez dont le contenu pourrez veoir en ce
present livre. De nouueau ont este adioustees le nōbre des
Eglises, chapelles colleges de la Ville, Cité & Vniversité
de Paris. Avec le nombre des rues et ruelles, avec leurs
aboutissāt ; tant dung coste que d'autre marquees chascū
a sō endroict. Aussi pareillement y est adiouste le contenu
de la despence que vne personne peult faire par an pour et
par iour. *On les vend a Paris en la rue neufve nostre Dame a
lenseigne Sainct Nicolas par Pierre Sergent,* M.D.XLIII
(1543). Pet. in-8º de 80 ff. chiffrés. Imprimé en lettres
rondes.

Quoique non indiqué sur le titre, cet ouvrage contient une
réimpression des Cris de Paris. Elle occupe les deux derniers
feuillets du volume sous le titre de :

Les Cris des marchandises que lon crie parmy Paris.

Elle contient 26 quatrains. Leur texte présente quelques petites variantes avec celui reproduit en 1857 par George Kastner dans les *Voix de Paris*.

Cette édition de l'ouvrage de Corrozet est la dernière donnée sous le titre de *La Fleur des Antiquitez* et la seule qui donne les tenants et aboutissants des rues de Paris, indication très importante pour trouver leur position. Elle était absolument inconnue lorsque le baron Pichon en découvrit un exemplaire, et dans le *Bulletin du Bibliophile* (année 1845, p. 481) lui consacra un article, où il fait ressortir l'intérêt qu'elle présente pour la topographie du vieux Paris. Il note aussi que ce petit volume forme une édition collective de la *Fleur des Antiquitez de Paris* et des *Rues et eglises de Paris*, mais avec quelques différences.

(Obligeante communication de M. Alfred Dupré, d'après son exemplaire.)

— Les Cri *(sic)* de Paris tovs novveaux et sont en nombres cent & sept. Tous y sont vieux & nouueaux par dictez & mots nouueaux, second lordre de lalphabet. *On les vend a Paris chez Nicolas Buffet, demeurant à la rue descosse, deuant le College de Reims 1545, avec Privilège.* Pet. in-8 de 16 ff. non chiffrés.

Au verso du titre, on lit « A Monsieur le preuost de Paris ou son lieutenant criminel supplye humblement Anthoine Truquet, painctre, demourant à Paris.... » ; au-dessous se trouve la permission d'imprimer datée du « XVI auril 1545 après quasimodo ». Cette permission est signée : I. Séguier.

Les *Cris de Paris* commencent au recto du 2ᵉ feuillet ; le recto du dernier feuillet est blanc ; au verso : « Fin des cent & sept cri *(sic)* que lon crie iournellement a Paris, de nouueau compose en Rhimme françoyse pour resiouir les esperit. Et fut acheue d'imprimer le cinquiesme iour de may 1545. » Au dessous, un bois.

— Farce nouvelle très bonne et fort récréative pour rire des cris de Paris. A troys personnaiges, c'est assavoir le premier gallant, le second gallant et le sot. (A la fin): *Cy fine la farce des cris de Paris. Imprimée nouvellement à Lyon, en la maison de feu Barnabé Chaussard près nostre Dame de Confort*, 1548. Pet. in-8.

Réimprimé dans le tome II de l'*Ancien théâtre françois*, pp. 303 à 325.

— Les Cris de Paris au nombre de cent sept. *A Paris, Nicolas Buffet*, 1549. Pet. in-8 de 16 ff.

— La Despence qui se fait chascun iour en la ville de Paris auec les cris que l'on crie iournellement dedans la dite ville. Plus y est adiouste la dépence qu'une personne peut faire par iour et trouuerez selon le reuenu que vous aurez, combien il vous fauldra despendre par chascun jour et plusieurs autres singularites vous y trouuerez. *Paris, de l'impr. de Nicolas Chrétien*, 1556. Pet. in-8 de 23 ff., non chiffrés, lettres rondes.

— Sommaire de tous les recueils des chansons, tans amoureuses, rustiques, que musicales, comprinses en deux livres, adjousté plusieurs chansons nouvelles, non encore mis en lumière. *A Paris, par Nicolas Bonfons, rue neuve nostre dame, à l'enseigne S. Nicolas*, 1576. In-16 de 110 ff. et 2 ff. de table.

Au feuillet 63 verso, commence *la chanson nouvelle de tous les cris de Paris sur le chant de la volte de provence*, qui se termine au feuillet 65 recto.

— Les Cris de Paris que l'on crie journellement par les rues de la dicte ville auec le contenu de la despence qui se faict par chacun jour. Adjouté de nouveau la despence que chacune personne doit faire par chacun jour. Ensemble les rues, eglises, chapelles et colleges de la cité, ville et université de Paris. *Paris, Nicolas Bonfons*, 1584. Pet. in-8.

Plusieurs réimpressions de cet opuscule, précieux pour l'histoire de Paris au XVIᵉ siècle, ont été faites à différentes époques.

— Le Trésor ov Recveil des Chansons amoureuses, recueillies des plus excellents Poetes de ce temps, augmenté de plusieurs Airs de Cour non encore veuz ny Imprimés. *A Roven, chez Jacques Cailloüé, tenant sa boutique en la cour du Palais*, 1623. In-12 de 264 pages et 4 feuillets non chiffrés pour la table.

> Aux pages 87 et suivantes on trouve : *Chanson des cris de Paris.* Le texte de cette chanson présente de nombreuses variantes avec la copie du recueil de Maurepas, et contient trois couplets de moins : les 7ᵉ, 8ᵉ et 9ᵉ. (De la collection de M. Alfred Dupré.)

— Les Cris de Paris, que l'on crie iovrnellement par les ruës de laditte ville. Auec la chanson desdits cris. Plus un brief estat de la despense qui se peut faire en icelle ville chacun iour, & aussi ce que chacune personne peut despenser. Ensemble les ruës, eglises, chappelles, hostels des princes, princesses & grands seigneurs, & antiquitez de la ville, cité & universitez de Paris : Auec les noms des portes & faux-bourgs de ladite ville. *A Paris, chez Jean Promé, en sa boutique au coin de la ruë Dauphine.* S. d. (vers 1650). In-16.

> On y retrouve les quatrains suivants, qui ont été réimprimés, dans ces dernières années, par MM. Bonnardot, Franklin et Georges Kastner :

LE PATISSIER

> Et moy pour un tas de friands,
> Pour Gautier, Guillaume ou Michaud,
> Tous les matins ie vois criants :
> Eschaudez, gasteaux, pastez chaud.

IMAGES

> A mes belles images, images,
> Images pour du pain,
> Acheptez-les aujourd'huy,
> Car ie m'en vois demain.

Au XVIIᵉ siècle, l'image détrône le livre : le règne de l'estampe commence avec les Abraham Bosse, Brébielle, Bonnart, et si les écrits d'alors s'occupent encore des cris de Paris, c'est pour mentionner le bruit assourdissant des marchands ambulants, les embarras qu'ils causent dans les ruelles et les carrefours.

Scarron, dans son tableau de la foire Saint-Germain, Boileau, dans une de ses meilleures satires, Berthauld, dans sa description de Paris, en vers burlesques, jouxte la copie à Paris (Elzevier) 1654, l'auteur d'une Mazarinade intitulée *Le retour et restablissement des arts et métiers, en vers burlesques à Paris 1649*, exercent leur verve contre les cohues, leur vacarme étourdissant, les chansons et les refrains chantés d'une façon plus ou moins comique.

XVIIIᵉ siècle. On donne de nouvelles éditions des recueils anciens :

— Les Cris de Paris que l'on entend journellement dans les rues de la ville ; avec la chanson desdits cris, plus un brief état de la dépence qui peut se faire en icelle ville chaque jour, ensemble les chapelles et rues, hôtels, etc. *A Troyes, chez la veuve P. Garnier*, s. d. (1720). Pet. in-12.

On continue à mettre les cris de Paris en chansons, on en fait des vaudevilles, on les dessine d'après nature. Panard, dans sa *Description de Paris*, Favard, dans *La Soirée des boulevards*, 1758, ne manquent pas d'y intercaler les cris de Paris. De très jolis couplets y sont chantés.

Voici entr'autres ceux du petit marchand « clin-
cailler » et de la marchande de plaisirs :

> Achetez de mes bagatelles,
> Je vends le tout à juste prix :
> Peignes d'ivoire pour les belles,
> Peignes de cornes pour les maris.

> V'là des pompons pour ces demoiselles
>   Et de jolis étuis garnis ;
> V'la des sifflets pour les pièces nouvelles :
> Depuis longtemps, j'en fournis à Paris.
>   Achetez de mes bagatelles,
>   Je vends le tout à juste prix
>   etc., etc...

> V'là la p'tit' marchand' de plaisir,
> Quest-c' qui veut avoir du plaisir !
> Venez, garçons, venez, fillettes ;
> J'ai des croquets, j'ai des gimblettes
>   Et des bonbons à choisir.
> V'là la p'tit' marchand' de plaisir ;
>   Du plaisir, du plaisir.

A la page 23 du *Petit rien, almanach chantant* ou recueil
de chansons nouvelles sur des airs connus pour l'année 1773 et les suivantes, « à Gnide et se trouve à Paris
chez Monory, libraire de S. A. R. M⁸ʳ le prince de Condé,
rue et vis-à-vis de la Comédie Française », commencent
les chansons des cris de Paris : *le marchand de pierres à
fusil, d'allumettes et d'amadou ; le gagne-petit ou le rémouleur ; le porteur d'eau ; le marchand de bouteilles cassées;
la marchande de vieux chapeaux ; le ramoneur ; la mar-*

motte en vie ; la lanterne magique ; le racccommodeur de
faïence ; la grande et la petite poste ; le marchand de
baromètres ; le marchand d'oiseaux : la bouquetière ; la
petite loterie et le blanquier ; la marchande de croquets ; la
marchande d'oranges ; la marchande de tisane ; la laitière ;
le marchand de poisson ; le marchand de cerises ; la mar-
chande de groseilles ; la marchande de fraises ; la mar-
chande de petits pois et de fèves de marais ; la marchande
d'abricots ; la marchande de cerneaux ; le marchand de
pêches ; la marchande de pommes ; la marchande de prunes
de mirabelles ; le marchand de raisins ; le marchand de
melons et de concombres.

Les vers de ces chansons sont médiocres et par trop
grivois.

Mercier, dans son célèbre *Tableau de Paris* (nouvelle
édition, Amsterdam, 1783, tome VI), se plaint amèrement
du tumulte assourdissant des rues et des cris discor-
dants poussés d'une voix aigre et perçante par les marchands ambulants : « Le porte-fallot crie la nuit. Mais
qui ne crie pas dans le jour ? le petit peuple est naturellement braillard à l'excès : il pousse sa voix avec une
discordance choquante. On entend de tous côtés des cris
rauques, aigus, sourds : *Voilà le maquereau qui n'est pas*
mort, il arrive, il arrive ! des harengs qui glacent, des
harengs nouveaux ! pommes cuites au four ! il brûle ! il
brûle ! (ce sont des gâteaux froids) : *Voilà le plaisir, Mes-*
dames ! voilà le plaisir ! (c'est du croquet) : *à la barque !*
à la barque ! à l'écailler ! (ce sont des huîtres qu'on pro-
pose) : *Portugal, portugal !* (ce sont des oranges). Joi-

gnez à ces cris les clameurs confuses des fripiers ambulants, des vendeurs de parasols, de vieille ferraille, des porteurs d'eau, des ramoneurs... Les hommes ont des cris de femmes et les femmes des cris d'hommes. C'est un glapissement perpétuel et l'on ne saurait peindre le ton et l'accent de cette pitoyable criaillerie, lorsque toutes les voix réunies viennent à se croiser dans un carrefour. »

Mercier ne sait pas apprécier le côté pittoresque des petits métiers, tandis que de grands artistes, Boucher, Bouchardon, Poisson, Watteau, les trouvent dignes de leur crayon et les dessinent d'après nature.

Dans ses illustrations pour le « Tableau de Paris », (Yverdon, 1787), Dunker a dessiné le *Vendeur de tisanne*, « il porte une fontaine de fer blanc sur son dos; il a un bonnet garni de plaques et de plumes de héron; il est ceint d'un tablier blanc, il est pressé de reprendre le gobelet auquel boit le petit enfant, pour faire boire la vieille. On ne peut rien faire lentement à Paris : d'autres attendent. » *(Chap. CCCCXLVII)*.

Pendant la Révolution et aux sombres jours de la Terreur, la rue n'est pas silencieuse, mais elle est triste et morne (on y crie beaucoup de nouvelles vraies ou fausses, beaucoup de journaux et quels journaux !) pour ne reprendre une joyeuse animation qu'au commencement de l'Empire et à la fin du XIXᵉ siècle, ainsi qu'on peut le constater dans les ouvrages suivants :

Les Personnages célèbres dans les rues de Paris, depuis une haute antiquité jusqu'à nos jours. Ouvrage rempli d'anec-

dotes curieuses, d'aventures extraordinaires et de hautes
infortunes; avec des détails sur les premiers comédiens
ambulants et leurs pièces dramatiques... Par J.-B. Gouriet.
Paris, Lerouge, 1811, 2 vol. in-8.

Publié une seconde fois sous le titre suivant :

— Les Charlatans célèbres ou tableau historique des bateleurs,
des baladins, des jongleurs, des bouffons, des opérateurs,
des voltigeurs, des escamoteurs, des filous, des escrocs,
des devins, des tireurs de cartes, des diseurs de bonne
aventure, et généralement de tous les personnages qui se
sont rendus célèbres dans les rues et sur les places publiques de Paris, depuis une haute antiquité jusqu'à nos
jours. Seconde édition. *Paris, Lerouge*, 1819, 2 vol. in-8.

— Les Cris de Paris, tableau poissard en un acte mêlé de couplets par MM. Francis, Simonin et Dartois, représenté pour
la 1re fois, à Paris, sur le théâtre des Variétés le 18 septembre 1822. Prix 1 f. 50. *Paris, au grand magasin des
pièces de théâtre anciennes et modernes, chez Mme Huet
libraire-éditeur, rue de Rohan no 21, au coin de celle de Ri-
voli, et Barbou, libraire au Palais-Royal*, 1822. In-8.

— Proverbes et dictons populaires, avec les Dits du mercier
et des marchands et les crieries de Paris, aux xiij et
xive siècles, publiés d'après les manuscrits de la Bibliothèque du Roi, par G. A. Crapelet, imprimeur, chevalier
de la Légion d'honneur, membre de la Société royale des
Antiquaires de France. *A Paris, de l'imprimerie de Crapelet,
rue de Vaugirard, 409*, 1831. Gr. in-8.

Voir le *Manuel de l'amateur de livres du XIXe siècle*, de Georges
Vicaire, à l'article *Collection des anciens monuments de l'histoire
et de la langue française.*

— Cris de Paris. *Paris, imprimerie Pihan de la Forest*, s. d. (vers 1835). In-32.

Vignette sur la couverture et sur le titre.

— Les Français peints par eux-mêmes. Encyclopédie morale du XIXe siècle. *Paris, L. Curmer, éditeur, 49, rue de Richelieu, au 1er, 1840-1842, 9 vol. gr. in-8 [y compris le Prisme].*

5 vol. pour Paris, 3 pour la province et 1 pour *Le Prisme*.

Au tome IV, de la page 201 à la page 304, les *Cris de Paris* par Joseph Mainzer. Frontispice et 11 types de l'époque dessinés par Pauquet (il y a deux tirages : l'un en noir, l'autre en couleur). Vignettes dans le texte, par le même artiste, représentant ces mêmes marchands ambulants sous le règne de Louis XV. Les figures sont : *Les Cris de Paris, le pâtissier, le porteur d'eau, la laitière, le marchand de coco, le marchand d'habits, le marchand de mottes, de mort aux rats, de chaufferettes, de cages et de hannetons, le raccommodeur de faïences, le chaudronnier et le rémouleur, le marchand de parapluies, le marchand de peaux de lapin, le cafetier, le vitrier-peintre.*

Au tome V, *la halle, la marchande de friture, les maraichers, le marchand d'ustensiles de ménage.* Texte de Mainzer, illustrations de Pauquet.

— Les Industriels, métiers et professions en France, par Émile de la Bedollierre *(sic)*, avec cent dessins par Henry Monnier. *Paris. Librairie de Mme Vve Louis Janet, éditeur, rue Saint-Jacques, 59, 1842. Gr. in-8.*

Vignettes dans le texte et 30 planches hors texte ; il y a des ex. où les figures sont coloriées ; couverture illustrée représentant la première planche du livre (*le Marchand de statuettes*).

— La Grande ville. Nouveau tableau de Paris, comique, critique et philosophique, par Ch. Paul de Kock. Illustrations de Gavarni, Victor Adam, Daumier, d'Aubigny, H. Émy, etc. *Paris, au Bureau central des publications nouvelles, rue des Prêtres-Saint-Germain-l'Auxerrois 11*, 1842-1843. 2 vol. gr. in-8.

Au tome II, dont le texte est écrit par Balzac, Dumas, Frédéric Soulié, E. Briffault, etc..., chapitres sur les Halles, sur les bateleurs, etc.

— Les Rues de Paris. Paris ancien et moderne, origines, histoire, monuments, costumes, mœurs, chroniques et traditions, ouvrage rédigé par l'élite de la littérature contemporaine, sous la direction de Louis Lurine et illustré de 300 dessins exécutés par les artistes les plus distingués. *Paris, G. Kugelmann, éditeur, 25, rue Jacob*, 1844. In-8.

Quelques pages, par ci, par là, où il est parlé des petits métiers et cris de Paris.

— Le Diable à Paris. Paris et les Parisiens, mœurs et coutumes, caractères et portraits des habitants de Paris, tableau complet de leur vie privée, publique, politique, artistique, littéraire, industrielle, etc., etc., texte par MM. George Sand, P.-J. Stahl, Léon Gozlan, etc., illustrations de Gavarni, Bertall, etc. *Paris, publié par J. Hetzel, rue de Richelieu, 76, rue de Ménars, 10*, 1845-1846, 2 vol. gr. in-8.

Au tome 2e, pages 88 et 128, les petits métiers de Paris, 1re, 2e et 3e catégories, 28 vignettes de Bertall, très spirituelles entr'autres celles des vendeurs de cartons : le marchand et la marchande portent une sorte de brancard surchargé d'une pyramide de cartons et crient leur marchandise « *Voyez tous les petits, tous les grands, tous les jolis car...tons, Mesdames! Cartons ronds, cartons carrés, cartons à champignons, cartons pour serrer chapeaux d'hommes et de dames ! cartons de toutes grandeurs et de toutes couleurs !* etc., etc. »

Ce n'est pas un cri, c'est plutôt une chanson !

De la page 11 à la page 19, un article des plus intéressants de Balzac, intitulé : *Ce qui disparaît de Paris*, illustré de cinq vues de Bertrand et de neuf vignettes de Bertall, représentant des petits métiers.

3

— Les Cris de Paris, avec leurs intonations et leur musique. Tableau pittoresque, historiettes morales et amusantes par M. Eug. Houx-Marc. *Paris, Bedalet*, 1851. In-18.

Avec douze vignettes (existent en noir et coloriées).
Eugène Houx-Marc est le pseudonyme de M. Marchoux.

— Les Voix de Paris. Essai d'une histoire littéraire et musicale des cris populaires de la Capitale depuis le moyen âge jusqu'à nos jours, précédé de considérations sur l'origine et le caractère du cri en général et suivi de *Les cris de Paris*, grande symphonie humoristique vocale et instrumentale par Georges Kastner. *Paris, G. Brandus; Dufour et Cie; Jules Renouard; Leipzig, F. Hofmeister; Londres, Barthès et Lowell; Bruxelles, Méline, Cans et Cie; Saint-Pétersbourg, maison Brandus*, 1857. In-4.

2 ff., VII-136 pp. (texte); 171 pp. (musique de *Les Cris de Paris*); 37 pp. (planches des cris notés). La symphonie se compose de trois parties : Paris le matin, Paris le jour, Paris le soir. Les paroles sont d'Édouard Thierry.

— Ce qu'on voit dans les rues de Paris, par M. Victor Fournel. *Paris, Adolphe Delahays, libraire-éditeur, 4-6, rue Voltaire, 4-6*, 1858. In-12.

2 ff. et 410 pages. Musiciens ambulants, industriels et saltimbanques, les cris de Paris, industriels des rues, les gagne-petit, marchands d'habits, etc., etc.

— Paris ridicule et burlesque au dix-septième siècle, par Claude Le Petit, Berthod, Scarron, François Colletet, Boileau, etc. Nouvelle édition, revue et corrigée avec des notes de P. L. Jacob, bibliophile. *Paris, Adolphe Delahays, libraire-éditeur, 4-6, rue Voltaire, 4-6*, 1859. In-16.

Publié dans la *Bibliothèque gauloise*. On y trouve tous les cris de Paris. Ce petit volume est une réimpression.

— Paris grotesque. Les célébrités de la rue. Paris (1815 à
1863). Illustrations de MM. L'Hernault, Lix, de Montault et
Ch. Yriarte, par Ch. Yriarte. *Paris, librairie parisienne, Du-*
pray de la Mahérie, libraire-éditeur, 5, rue de la Paix, 1864.
In-8.

> Volume orné de 33 gravures sur bois.
> Fanchon la vielleuse, Solsire Pifpan, le marchand de vulné-
> raire Suisse : l'homme-orchestre, Pradier le batoniste, Tripoli
> fils de la gloire, Mangin, l'homme au lièvre, etc., etc.
> A été réimprimé sous le titre suivant :

— Les Célébrités de la rue, orné de 40 types gravés. Nouvelle
édition augmentée de sept types nouveaux par Charles
Yriarte. *Paris, E. Dentu, libraire de la Société des gens de*
lettres, Palais Royal, 17 et 19, galerie d'Orléans; 1878. In-12
(avec vignettes).

— Physionomies parisiennes. Les Industriels du macadam,
par Élie Frébault. Dessins par R. Humbert. *Paris, A. Le*
Chevalier, éditeur, rue Richelieu, 61, 1868. In-12.

— L'Oublieux, petite comédie en trois actes, de Ch. Perrault,
de l'Académie française, publiée pour la 1re fois, avec une
petite introduction et des notes, par M. Hippolyte Lucas, de
la Bibliothèque de l'Arsenal. *Paris, Académie des bibliophiles.*
1868. Pet. in-12.

> Avec une planche (portrait de l'Oublieux) par Bonnart.

— Chansons. Les industries de la rue, par les membres du
Caveau. Mots donnés. *Paris, Ch. Grou, libraire-éditeur de mu-*
sique et chansons, 5, faubourg Montmartre, 5, 1869. In-18.

— Les Cris de Paris. A Paris, pour la veufue Jean Bonfons,
rue Neuue Nostre Dame, à l'enseigne sainct Nicolas. (*Paris,*
Baillieu, 1872). In-18.

> Réimpression publiée dans la *Bibliothèque gothique*, dont elle
> forme le n° VI. Un 22e feuillet ajouté à cette réimpression porte

l'indication suivante : « Acheue de rimprimer le x⁰ iour de decembre mil huict cens lxxii par Durand, ïprimeur à Chartres en Beaulce, pour Baillieu, marchant libraire tenant sa bouticque sur le quay des Grâds Augustins, proche le Pont Neuf à Paris. »

— Les Rues et les cris de Paris au XIII⁰ siècle, pièces historiques publiées d'après les manuscrits de la Bibliothèque nationale, et précédées d'une étude sur les rues de Paris au XIII⁰ siècle, par Alfred Franklin, de la Bibliothèque Mazarine. *Paris, librairie Léon Willem, 8, rue de Verneuil ; Paul Daffis, 7, rue Guénégaud*, 1874. Pet. in-8.

Tiré à 325 ex. numérotés sur papier vergé, 22 sur chine et 3 sur parchemin. Parmi les cris de Paris, citons ceux du pâtissier, de l'oublieux, du vin, du hareng soret, de la saulce verte, etc.

Fait partie de la « Collection de documents rares ou inédits relatifs à l'histoire de Paris ».

— Les Rues et églises de Paris, vers 1500. Une fête à la Bastille en 1518. Le Supplice du maréchal de Biron à la Bastille en 1602. Publiés d'après les éditions princeps, avec préfaces et notes par Alf. Bonnardot, parisien. *Paris, Léon Willem, éditeur, 8, rue de Verneuil, 8*, 1876. Pet. in-8.

Fait partie de la « Collection historique des bibliophiles parisiens ». Les « Rues et églises de Paris » occupent dans le volume les pp. 11 à 51.

Bonnardot a reproduit en fac-simile le titre, orné d'une vignette en bois, de la plaquette ancienne ainsi que la marque de Pierre le Caron. Vingt-six quatrains que Georges Kastner avait déjà reproduits dans les *Voix de Paris*, 1857, page 37.

Ceux de nos lecteurs qui les connaissent en reliront quelques-uns avec plaisir. Ceux qui n'ont pas eu l'occasion de les avoir sous les yeux y prendront sans doute aussi grand intérêt :

LES LAITIERS OU LES LAITIÈRES :

A Paris tout au plus matin
L'on crie du laict pour les nourrisses.
Subvenir sans quelque advertin (vertige)
Et enfans nouris sans obices (obstacles)

LES MARCHANDS DE CHARBON :

Puis vous orrez à haulte voix
Par ces rues matin et soir
Charbon, charbon de jeune bois
Très fort cryer pour dire voir.

LES MARCHANDS DE PATÉS CHAUDS :

Puis ung tas de frians museaulx
Parmy Paris cryer orrez
Le jour pastéz chaulx, pastéz chaulx
Dont bien souvent en mengerez.

LES MARCHANDS DE TARTELETTES :

Aussy on crie les tartelettes
A Paris pour enfans gastez
Lesquelz s'en vont en ces ruettes
Pour les menger, ce n'en doubtez.

LES MARCHANDES DE LÉGUMES :

Puis verrez parmy les rues
Sur chevaulx à longues oreilles
Paniers plains d'herbes et de laictues,
Et filles criant la belle ozeille.

LES RAMONEURS :

Puis verrez les Pigmontois,
A peine saillis de l'escaille,
Criant ramonade hault et bas
Vos cheminées sans escalle.

LES CRIEURS DE VIN :

D'autres cris on faict plusieurs
Qui longs seroient à réciter.
L'on crie vin nouveau et vieulx
Duquel l'on donne à taster

Après ce dernier quatrain, le mot : *Explicit.*

— XVIII° siècle. Institutions, usages et costumes. France 1700-1789. Ouvrage illustré de 21 chromolithographies et de 350 gravures sur bois d'après Watteau, Vanloo, Rigaud, Boucher, Lancret, J. Vernet, Chardin, Jeaurat, Bouchardon, Saint-Aubin, Eisen, Gravelot, Moreau, Cochin, Wille, Debucourt, etc. *Paris, librairie de Firmin-Didot frères, fils et Cie, imprimeurs de l'Institut, rue Jacob, 56, 1875.* In-4.

Au chapitre XIII, page 321, les cris de Paris. Réductions des estampes de Bouchardon.
Dans « Le Dix-huitième siècle, les mœurs, les arts, les idées, récits et témoignages contemporains. » (*Paris, Hachette et Cie*, 1899, gr. in-8.) et dans « Le Dix-neuvième siècle. Les Mœurs. Les Arts. Les Idées ». (*Paris, Hachette et Cie*, 1901, gr. in-8), il y a des notices consacrées aux cris de Paris, ainsi que dans *Paris, la vie parisienne à travers le XIX° siècle*, édité chez Plon sous la direction de Charles Simond.

— Les Rues du vieux Paris, galerie populaire et pittoresque, par Victor Fournel. Ouvrage illustré de 165 gravures sur bois.

Paris, librairie de Firmin Didot et Cie, imprimeurs de l'Institut, rue Jacob, 56, 1879. Gr. in-8.

Frontispice tiré à part, réprésentant Seigni, Jean, faisant sonner une pièce de monnaie.

— La Vie privée d'autrefois. — Arts et métiers, modes, mœurs, usages des Parisiens du XIIe au XVIIIe siècle, d'après des documents originaux ou inédits, par Alfred Franklin. L'Annonce et la Réclame. Les Cris de Paris. *Paris, librairie Plon, E. Plon, Nourrit et Cie, imprimeurs-éditeurs, rue Garancière, 10, 1887. In-18.*

— Physionomies parisiennes, par Alfred Le Petit. Le père La Réclame *(Paris, imp. Seringe)* s. d. (1887). Pet. in-8.

Portrait du père La Réclame.

— Album des célébrités de la rue. Collection des personnages les plus excentriques de Paris, avec notices historiques et biographiques. *Paris, librairie, rue Visconti, 22, s. d. Pet. in-8* oblong.

La notice et les clichés ont été empruntés à la publication de Charles Yriarte, *Paris grotesque, les célébrités de la rue* (1864).

— Les Cris de Paris, types et physionomies d'autrefois, par Victor Fournel. *Paris, Didot, 1887. In-8.*

221 pages, orné de 70 figures.

— Les Cris de Paris, petite brochure des docks de la librairie des petits enfants. *Louis Frionnet, éditeur, Paris, 6 rue de Fourcy, imprimerie G. Van Leer et Cie, Harlem. In-12.*

6 figures dont trois en couleurs, trois autres en bistre.

— Les types de Paris. Texte par Edmond de Goncourt, Alphonse Daudet, Émile Zola, Antonin Proust, Robert de

Bonnières, Henry Gréville, Guy de Maupassant, Paul Bourget, J.-K. Huÿsmans, Gustave Geffroy, Stéphane Mallarmé, L. Mullem, J. Ajalbert, L. de Fourcaud, Félicien Champsaur, Octave Mirbeau, H. Céard, J.-H. Rosny, Roger Marx, Paul Bonnetain, Jean Richepin. Dessins de Jean-François Raffaëlli. *E. Plon, Nourrit et Cⁱᵉ, imprimeurs-éditeurs, 10, rue Garancière, Paris.* In-4º.

Édition du *Figaro*, achevé d'imprimer le 15 avril 1889, 40 ex. sur Japon.

Dans ce livre, remarquable par ses illustrations, et l'un des mieux réussis de la fin du XIXᵉ siècle, se trouvent d'intéressantes notices sur les petites marchandes des rues, la rue qui chante, types des fêtes foraines, types de la rue, (*le Marchand d'ail et d'oignon, le Carreleur de souliers, le Cantonnier, la Marchande d'habits*), les chiffonniers.

— Paris qui crie. Petits métiers. Notices par Albert Arnal, Henry Spencer Ashbee, Jules Claretie, Abel Giraudeau, Henry Houssaye, Henry Meilhac, Victor Mercier, Eugène Paillet, Jean Paillet, Roger Portalis, Eugène Rodrigues. Préface par Henri Beraldi. Dessins de Pierre Vidal. *Paris, imprimé pour les Amis des livres par Georges Chamerot, 19, rue des Saints-Pères, 19,* 1890. Pet. in-8 carré.

30 dessins coloriés à la poupée. Tiré à 120 exemplaires.

— Les Cris de Paris au XVIIIᵉ siècle, illustré de 62 gravures, avec épigrammes en vers traduites par MⁱˡᵉX. Préface, notes et bibliographie des principaux ouvrages sur les cris de Paris, par A. Certeux, membre fondateur de la Société des traditions populaires. Description en vers de la ville de Londres, suivie de Le Pont-Neuf, poëme héroïque et badin. *Paris, Chamuel, éditeur 29, rue de Trévise,* 1893. In-12.

— Paris au hasard, par Georges Montorgueil. Illustrations

composées et gravées sur bois par Auguste Lepère. *Paris,
imprimé pour Henri Beraldi*, 1895. In-8.

A la page 113, l'auteur trace de main de maître la silhouette
du camelot : « Le camelot, nos boulevards sont à lui, l'hiver
comme l'été, le jour comme la nuit, etc..., etc... » et il énumère
ses cris en 1895 : *Ah ! quel malheur d'avoir un gendre ! Ils m'ont
refusé ma gamelle;* quand le duc d'Orléans est arrêté : *L'anti-
youtre, C'est si gentil la femme, En voulez-vous des z'homards ?*
Les ouvreurs de portières, les chiffonniers, les marchands ambulants ne sont pas oubliés, et les pages écrites sur les embarras
de Paris ne le cèdent en rien au tableau de Mercier pour le
XVIIIe siècle.

— Les Petits métiers de Paris, par Jérôme Doucet. *Société
d'éditions littéraires et artistiques, librairie Paul Ollendorf,
50, Chaussée d'Antin, Paris*, s. d. (1901). Petit in-8.

Avec vignettes.

— Les Camelots de la pensée, par Camille Mauclair, bois en
couleurs de Maurice Delcourt. *Paris, les Cent Bibliophiles*,
1902. In-4°.

Figures en couleurs *(le vendeur des dernières nouvelles),
crieurs de canards,* etc.).
Au XVIIIe siècle, un *crieur de nouvelles* est représenté au frontispice en tête de : Mémoires de l'Académie des colporteurs (par
le comte de Langlois). *S. l.* (Paris) *de l'imprimerie ordinaire des
colporteurs,* 1748, in-12, avec fig. non signées. La première représente *le colporteur.*

— Les Petits métiers des rues de Paris, préface de Roger
Marx, texte de Klingsor commenté de bois dessinés et
gravés par Jacques Beltrand. *Paris*, 1904. In-12 carré.

21 grands bois au trait, genre xylographique, vignettes, culs de
lampe, ornements floresques. Tiré à 200 ex. sur papier vergé, 25
sur Japon et 25 sur Chine, avec double suite des figures.
Cet ouvrage a été entrepris l'hiver de l'année 1900, l'ornemen-
tation, la gravure et l'impression réalisées conjointement à la

4

composition établie sous les soins de Jacques Beltrand et les
feuilles imprimées par Émile Féquet, compositeur pressier, sur
la presse à bras du graveur. Achevé d'imprimer non sans peine
et mené à bien aux premiers soleils de l'an 1904. Contient :
*Le bouquiniste, le nettoyeur de rails, la marchande des quatre
saisons, la marchande d'habits, le balayeur, cardeurs et car-
deuses, le rafistoleur de paniers, le ramasseur de mégots, le men-
diant, le raccommodeur de souliers, le harpiste du Luxembourg,
la bouquetière, le ramasseur de crottes de chien, les pêcheurs à
la ligne, le perruquier, le marchand de salades, la marchande
d'oranges, le remouleur, l'allumeur de lanternes.*

En l'an de grâce 1904, nous n'avons donc plus qu'une
vingtaine de PETITS MÉTIERS au lieu de cent dessinés par
Carle Vernet sous la Restauration. Depuis cette époque,
Paris a été métamorphosé ; mais s'il a beaucoup gagné
en embellissements de toutes sortes, il a perdu énormé-
ment de son côté pittoresque et il a fallu dire adieu aux
gaietés de la rue, aux vêtements bariolés, aux musiciens
ambulants, aux dentistes en plein air, aux acrobates des
carrefours, à Fanchon la vielleuse, aux marmottes du
petit Savoyard, etc., etc.

LES ESTAMPES

— Cris de Paris au XVIe siècle. Dix-huit planches gravées et
coloriées du temps, reproduites en fac-simile d'après
l'exemplaire unique de la Bibliothèque de l'Arsenal par
Adam Pilinski. Avec une notice historique sommaire par

M. Jules Cousin, bibliothécaire de la ville de Paris. *Paris,*
veuve Adolphe Labitte, 1885, in-4.

Faux-titre, titre, 2 ff. de texte et dix-huit planches en couleur.
— Cette jolie reproduction du premier document iconographique
que nous possédions n'a été tirée qu'à 80 exemplaires sur papier
imitant l'ancien ; les planches ont été détruites après le tirage.
Sur les deux feuillets de texte sont imprimés en caractères
gothiques cinq quatrains : *Le Verrier, La Crieresse d'arens,*

> Darens soretz appétissant
> Ce sont petits morceaux frians
> Pour déhumer un matinet
> Avec vin blanc cler, pur et net.

La Paralagneille, Mes bons balets, le Crieur d'oublie :

> Oublie, oublie hoye à bon pris
> Pour les grans et pour les petis... etc...

Les dix-huit figures, dont trois sans légende, sont : *Voirre jolis* ;
eschaudés, gâteaux, petit choubz chaulx ; haren soz, haren soz ;
ma belle poirée, mes beaux epinars; souliers vieulx; rave, doulce
rave ; à mes bons naves, naves ; febve de mares ; beaulx A B C,
belles heures; gros quotres ces; à la malle tâche; ramone la che-
minée otabas; qui vent de bon lai, argent mi duict, gaigne petit ;
accuretz les bons fusis.

Dans un recueil factice de gravures sur bois du
XVIᵉ siècle, conservé au Cabinet des estampes de la
Bibliothèque nationale (cote Oa, Ea Réserve) qui m'a été
communiqué, ainsi que d'autres recueils (135-b, 135-c,
79 Réserve) par l'aimable et très obligeant sous-conser-
vateur, M. Auguste Raffet, fils du grand maître Raffet,
l'un des plus beaux noms de l'art français, il y a un
certain nombre de cris de Paris : *Ouistre à l'escaille ; à*
tirer la den ; vieux chapeaux gras ; la lye ; foirre nouveau,

foirre; Je scay bien ce que scay faire; patissier; et plusieurs planches de métiers: *Cordonnier, tourneur, menuisier, tailleur de pierres, taillandier, serrurier.*

Le cri ou le nom du métier est placé au-dessus de la figure, un quatrain est au-dessous.

Les quatrains, imprimés en lettres rondes, sont émaillés de mots rabelaisiens qui nous choquent aujourd'hui par leur crudité.

A TIRER LA DEN

Quand je tire à quelqu'un la dent et la douleur
Il p... dans sa chemise et change de couleur :
Les plus mauvais, je fais tenir par trois ou quatre,
Car en leur faisant mal, ils me pourraient bien battre.

JE SCAY BIEN CE QUE SCAY FAIRE

Un homme recouvre de son long et large manteau un personnage dont on ne voit plus que la tête. Que se passe-t-il ??? Le chalet de nos jours était donc connu au XVIe siècle, mais il était ambulant. Étrange profession que celle de ce porteur de seaux dans la rue :

Avec un long manteau, j'alloy par ceste ville
Et portoy deux grans seaux où l'on ch... debout;
Mais voyant aujourdhuy que l'on ch... partout
Je ne m'en mesle plus : l'office est inutile.

La figure de l' « Ouistre à l'escaille » est à l'adresse suivante : *A Paris, chez Jean Leclerc, rue Saint-Jacques, à l'Estoille d'or.*

— Les Cris de la ville de Paris. Suite complète de douze

estampes dessinées et gravées par Abraham Bosse, Le-
blond, exc. Gr. in-8.

Suite rare et curieuse ; *Porteur d'eau, oublieur, ramoneur,*
vinaigrier, crocheteur, joueur de flûte, etc.

Légendes rimées de quatre ou six vers sous chaque type.

— Les Cris de Paris, dessinés et gravés à l'eau forte par
P. Brebiette. [*Paris*], *Jac. Honervogt excudit* (vers 1640)

Très curieuse suite de 40 planches numérotées. Recueil des
plus rares sur les mœurs et les habitants de Paris.

Le premier tirage est avant les numéros ; il existe des figures
avant la lettre, mais dans presque tous les exemplaires, au-
dessous de la gravure se trouve le cri :

Almanachs nouveaux ; joueuse de cornemuse ; argent des
ballais ; argent des glans ; à bon lait: oranges et citrons, gre-
nades ; des huitres à l'escalle; la mort au raz et au souris ;
argent des mannequins ; foysre nouveau, foisre ; chous blang,
des raves nouvelles, à mon bel oignon ; voylà du bon vinaigre ;
vieux fers de roue ; mou tendre ; qui veut de l'eau ; qui a de vieux
payement d'argent ; argent des Celles ; chansons nouvelles,
douze différentes pour un soul ; argent des gâteaux. de mes dar-
rioles et ratons tous chaulst ; à noircir du noir ; argent des
chapperons ; ramonneur de cheminée haust à bas ; des fins
chappeaux de papier à vendre ; petits palez tous chauls ; beure
frais, beure frais ; serize, douce serize ; chataingne boullues
toutles chaudes ; qui a de vieux soulliers à vendre ; à la bonne
eau-de-vie, pour réjouir le cœur ; sablon d'estemple ; oublie,
oublie où est-il? gangne-petit; peau d'aigneaux, peau de chevreau,
peau de conil ; argent des fuzils ; chaudronniers ; argent des
réchauz ; du grais cassé, du grais, grais ; formage de Holade ;
argent des Houçois ; argent des manchons, manchettes et rabas ;
cotrais faits.

— Les Cris de Paris. *A Paris, chez H. Bonnart, à l'aigle,* s. d.
(fin du XVIIᵉ siècle). In-4.

Trente-six pièces avec un quatrain sous chaque figure et qui
sont les suivantes :

Crieur d'eau-de-vie ; le porteur d'eau (pl. signée : *J. Bonnart fecit*) ; *le ramoneur ; marchand de fromages de Marolles ; l'ou-blieur* (pl. signée : *J. Bonnart*) ; *tisane à la glace ; le chaudron-nier ; l'escallier ; argent de mes petits oiseaux ; le vielleur Boni-face ; revaudeuse ; le crieur de petits fromages ; crieuse de raves ; marchande de maquereaux frais ; crieuse de fraize ; laitière de Bagnolet, le charbonnier ; crieur de cerises; crieur de melons; crieur d'oranges ; crieuse de balets ; crieuse de chataigne ; crieuse de poires cuittes ; le fendeur de bois ; gagne-petit ; le maistre d'armes ; le maistre à dancer ; la marchande d'allumettes ; le marchand foirin; le mercier; le patissier; réparateur de la chaussure humaine ; la sage-femme ; la vendeuse de mottes ; le grand triomphateur ou le libraire ambulant ; le grand triom-phateur désolé.*

Les quatorzième, quinzième et seizième pièces portent l'adresse de N. Bonnart.

LE PATISSIER :

Je suis le patissier des dames
Je leur fais cent petits ragouts
Et je suis si bien dans leurs âmes
Qu'elles m'ont baptisé J'entre en goust.

— Recueil d'estampes destinées à servir de modèle aux des-sinateurs, gravées par N. GUÉRARD. *A Paris, chez N. Gué-rard,* s. d., (vers 1720). In-4 oblong.

Livre à dessiner, titre et 12 planches; livre de veues à dessiner, 45 planches ; *diverses petites figures des cris de Paris,* 12 planches ; l'art militaire ou les exercices de Mars, titre et 3 planches; Ensemble 102 planches.

Parmi les « veues à dessiner », on trouve de nombreuses planches reproduisant différents endroits pittoresques des anciens fau-bourgs de Paris, vues qui ne se trouvent que dans ce rare recueil.

Jules Cousin indique dans sa notice : « *Diverses petites figures des cris de Paris dessinées et gravées par N. Guérard le fils,* à Paris, chez N. Guérard, rue Saint-Jacques, à la reine du clergé », 18 planches in-8 en trois suites, figures groupées par quatre ou cinq à la planche, avec légendes rimées correspondant à chaque figure.

— Les Cris de Paris, par Fr. Boucher. *A Paris, chez Huquier, vis-à-vis le Grand Chatelet*, avec privilège du roi. S. d. In-4.

Superbe recueil de douze planches gravées par Ravenet, avec le cri pour légende :
Gaigne-petit ; à racomoder les vieux soffets ; des noiseltes au litron ; balais, balais ; charbon, charbon ; à ramonner du haut en bas ; à la crème ; des patez, des talmouzes t^{tes} chaudes ; chaudronnier, chaudronnier ; des radix, des raves ; la laittière ; au vinaigre.

— Études prises dans le bas peuple ou les cris de Paris par Bouchardon. *Paris, Fessard* [et *Joullain*], 1737-1746, 60 planches en 1 vol. in-4.

Ce rare recueil se compose de cinq séries de 12 planches chacune, représentant des types de différents marchands et ouvriers ambulants de Paris. Ces planches, dessinées par Bouchardon, ont été gravées à l'eau-forte par Caylus et terminées par Fessard.

Au-dessous de chaque figure, le nom du métier. Sans donner la nomenclature complète des 60 planches, ce qui pourrait devenir monotone, puisque cris et petits métiers sont, à peu de chose près, les mêmes dans tous les recueils, indiquons seulement que la première suite commence par le *tailleur de pierres*, la deuxième par le *savetier*, la troisième, par le *marchand d'images*, la quatrième, par l'*afficheur*, la cinquième, par *caffé-caffé*. Il existe des exemplaires où les estampes sont tirées en bistre.

— Les Véritables cris de Paris. *Paris, Basset le jeune*, s. d. (vers 1735). In-fol. en feuille.

Intéressante estampe représentant les commerçants ambulants de Paris avec leurs différents cris en légende — très rare.

— Petits métiers de Paris. 6 planches in-4, sans titre général, dessinées par Cochin fils. Ravenet sc.

Titre du métier et légende de huit vers sous chaque pièce.

La représentation des cris de Paris par la diversité des

scènes et la variété des costumes devait naturellement
tenter des artistes : aussi quelques-uns d'entr'eux ont-ils
laissé sur ce sujet de jolis dessins parmi lesquels : *Différents sujets des rues de Paris composés et peints par J.
Houel de Rouen, 1764.* In-4°.

Charmante suite de 60 jolies aquarelles représentant
les différents métiers des rues de Paris. En tête, titre ma-
nuscrit et explication des sujets (Collection Destailleur);
dans la même collection, il y avait encore *Les cris de Paris
au XVIIᵉ siècle*, charmants dessins au nombre de qua-
rante-huit, très spirituellement exécutés à l'aquarelle, le
trait à la plume, au verso d'un jeu de cartes, montés à la
Glomy et accompagnés de leur légende. Malheureusement, ces deux suites n'ont jamais été reproduites par la
gravure.

— Mes gens, ou les commissionnaires ultramontains, au ser-
vice de qui veut les payer, par Augustin de St-Aubin.

> Un frontispice daté de 1768 et six planches : *Commissionnaire
> apportant une lettre*; *décrotteur, décrotteur*; *commissionnaire* ;
> *scieur de bois*.

— Les Cris de Paris (par Juillet) en six suites, gravées d'après
les dessins de M. Bouchardon, sculpteur du Roi, 1768. *A Paris, chez Crépy, rue St Jacques, à St-Pierre, prés la rue de la
Parcheminerie.* Pet. in-4°.

> 36 pièces. Plusieurs d'entre elles portent l'adresse : *A Paris,
> chez Juillet, rue des rats, près la place Maubert.*
> La suite de ces cris, qui est dans le recueil de la Bibliothèque
> nationale (cote 135 b Réserve), est tirée en rose.

— Cris de Paris, dessinés d'après nature par M. Poisson, dédiés
à Monsieur Bignon, bibliothécaire du Roi, seigneur d'Écaus-

ville, Joquonville, le Rozel, Barneville et autres lieux. *A Paris, chez l'auteur, Cloître St-Honoré, maison de la Maîtrise, au fond du jardin.* Gr. in-8.

72 planches très finement gravées, en 12 cahiers, chacun de six figures, dont les premières sont pour le 1ᵉʳ cahier : *Achetez mes belles estampes* ; 2ᵉ cahier : *décrottez là ma pratique* ; 3ᵉ : *le porte-balle* ; 4ᵉ : *ah, la lanterne magique, la pièce curieuse*; 5ᵉ : *le marchand de mousseline à 50 sols l'aulne, trois quarts de perte* ; 6ᵉ : *le marchand d'épingles, épingles noires à un sol le cartron et les blanches à deux sols le cent* ; 7ᵉ : *édit du Roi donné de tout à l'heure, de tout à l'heure* ; 8ᵉ : *voilà le gros lot, aux derniers les bons*; 9ᵉ : *pierre à détacher sans mouiller, sans eau* ; 10ᵉ : *almanachs de Liège à deux sols la pièce;* 11ᵉ : *du grès, du sablon,* etc. ; 12ᵉ : *achetez mes petits chiens, mon bel angola.*

Il y a des exemplaires où les figures sont coloriées.

— Cris et costumes de Paris. Dessiné par Watteau, gravé en couleur par Guyot. *A Paris, chez Lecampion frères, rue St-Jacques, à la ville de Rouen, nᵒ 8, et chez Lesclapart, libraire de Monsieur frère du Roi, rue du Roule, nᵒ 11,* 1786.

Recueil de six planches de P. D. R. : *le marchand d'orviétan ; la marchande d'oranges,* avec quelques lignes de texte en dessous : « l'on nous apporte ce fruit de la province de la Cioutat, de Nice, de Portugal, de l'Amérique, de la Chine, et de plusieurs autres endroits; les meilleures et les plus estimées pour leur goût exquis sont celles qui croissent aux pays chaulds »; *la marchande de modes,* allant en ville porter ses marchandises chez nos élégantes du jour; *Jeune élégant,* en promenade au Palais-Royal pour fixer les caprices de sa soirée (*sic*); *la marchande d'huîtres :* « les huîtres se nourrissent d'eau et de limon, elles ont pour ennemis les écrevisses et les étoiles de mer. Pline a remarqué que, quand l'huître ouvre ses écailles pour se rafraîchir un peu, l'écrevisse jette aussitôt une pince entre deux, afin qu'elles ne puissent plus se fermer et qu'ensuite elle mange le poisson qui est dedans »; *la marchande de bouquets,* occupée pour Florimond à former de différentes fleurs un bouquet élégant pour offrir à la belle Sophie.

Ces figures en couleur de Watteau sont absolument
délicieuses et, malheureusement, presqu'introuvables
aujourd'hui. La livraison, renfermée sous une couverture
de papier gris bleuté portant le titre, coûtait 4 livres.
Quatre exemplaires seulement de ce précieux recueil
sont connus : le 1er, à la Bibliothèque nationale; le 2e,
chez M. le comte de Montgermont, provenant de la vente
du baron Pichon où il a été vendu près de mille francs ;
le 3e appartient à M. le duc de Fezensac ; le 4e,
à M. Garnier (de Boulogne).

— Les Cris de Paris, pour un jeu d'oie. Grande feuille divi-
sée en cent compartiments contenant chacun une scène
des Cris de Paris. S. d. (vers 1784).

Il y a des exemplaires coloriés.

Les suites de figures de Queverdo, gravées par Dam-
brun pour les almanachs illustrés du XVIIIe siècle
de 1776 à 1789, forment d'adorables recueils de petites
estampes dont la grâce et la finesse d'exécution peuvent
rivaliser avec l'illustration du premier volume des
Chansons de La Borde, par Moreau.

Citons d'abord — à tout seigneur tout honneur — les
figures de l' « Almanach des marchés de Paris, étrennes
curieuses et comiques avec des chansons intéressantes,
dédié à Marie Barbe, fruitière orangère, dessiné et gravé
par M. Queverdo. A Paris, chez Boulanger, rue du Petit-
Pont, à l'image Notre-Dame, avec privilège du Roi. 1782. »

Ces figures représentent les scènes gracieuses prises
dans les petits métiers et parmi les marchands des rues :

la Vallée, marché à la volaille; marché au poisson, la rue au fer, marché aux fleurs; les écosseuses; les gros gobets à la courte queue; la marchande d'abricots; la marchande de crême; v'là le melon, v'là le sucré; marchand de chasselas à la livre; marrons bouillis, ils brûlent la poche; du bon boudin gras et salé.

Déjà une suite de Cris de Paris avait servi à illustrer *Le réveil matin*, almanach pour l'année 1766, gravé par Cocquelle, *rue du petit pont chez un limonadier*, A.P. (avec privilège). In-64.

Les douze figures représentent : 1° *deux personnages dont l'un sur un âne avec deux paniers*, ensuite *le marchand d'oranges, le marchand de melon, la marchande d'allumettes, la marchande de vieux chapeaux, la marchande de plaisirs, la marchande de macra*^{x}*, le porteur d'eau, la laitière, le remouleur, la bouquetière, le facteur de la petite poste*.

Dans « Les Belles Marchandes de Paris, almanach historiques, proverbiale et chantans (*sic*). *A Paris, chez Jubert, rue Saint-Jacques, la porte cochère vis à vis les Mathurins 1784* » (1re partie), on trouve: *la marchande de plaisir, la marchande d'œufs frais, la belle fruitière.*

Dans « Les Aventures parisiennes, almanach nouveau, galant, historique, moral et chantant sur les plus jolis airs..... *A Paris, chez Jubert*, etc. 1784 », les figures 11 et 12 sont *le porteur d'eau* et *suite du porteur d'eau*, et dans « Les Délices du Palais Royal. *A Paris, chez Boulanger, rue du Petit-Pont, à l'image Notre-Dame, 1786* », la première figure représente un *marchand de marrons*.

La 1re figure des « Amusements de Paris, almanach lyrique et galant. *Paris, Jubert,* etc., 1786 », est intitulée : *Le dessert à la mode,* marchand de marrons achalandé par la foule; " L" Almanach galant, moral et critique, en vaudevilles, *Paris, Boulanger,* 1786, » est orné, pour le mois d'avril, *d'une bouquetière,* pour le mois de septembre, des *parades de la foire* et, pour le mois de novembre, d'une *marchande de marrons.*

Pendant les dernières années du XVIIIe siècle où l'élégance dans l'art a sombré comme tant d'autres choses, il n'y a guère à signaler en fait de cris de Paris que des médiocrités parmi lesquelles :

— Le Nouveau jeu bruiant des cris de Paris, de ses faubourgs et environs. *Paris, chez Basset, rue St-Jacques, 64.*

Au centre de la feuille, explication du jeu. 43 cris dont le n° 1 est *l'afficheur,* le n° 43 *le marchand d'aiguilles pour les femmes et les filles.*

— Les Cris de Paris. *A Paris, chez Jean, rue Jean de Beauvais, n° 32.*

Quatre feuillets oblongs contenant en tout soixante-dix types, le premier 25, les trois autres, 15 chacun, grossièrement coloriés.

Premier et dernier type du 1er feuillet : *vinaigre et verjus; serize douce, ils sont rouges mes bigarreaux!* 2e feuillet : *mes belles noix toute verte; à rétamer les cueillières et les fourchettes!* 3e feuillet : *Voilà du coco; voilà la marchande de bouteilles cassées!* 4e feuillet : *le courrier fidèle de la petite poste de Paris; mon beau raisin à la livre!*

— Les Cris de Paris, image en papier verdâtre, mesurant 26 centimètres de largeur sur 17 de hauteur, signée à gauche *C. pr. scm;* à droite *M. Engelbrecht ex. a. D;*

contenant 25 types coloriés de marchands ou marchandes
des rues avec leurs cris en légendes, dont deux ne se
trouvent pas dans les recueils déjà cités : *J'ai l'œil brillant
côme une carpe fritte, à trois sous la painte de vin nouveau
à Vaugirard ; une femme qui a perdue son marie, cent livres
à gagner.*

Les hommes ont tous des chapeaux tricornes.

— Une image sur papier verdâtre, sans titre, sans légendes,
sans nom d'imprimeur. 22 centimètres 1/2 de largeur sur
16 de hauteur. 36 petites figures coloriées sur cinq rangs.
(*Montreur d'ours, chien savant, escamoteur, homme avec des
balances*, etc., etc.

— Une image sur papier verdâtre sans titre et sans nom
d'imprimeur, mais avec légendes. 24 centimètres de hauteur sur 18 de largeur. 16 types coloriés (*carpe laité carpe
vyf, des bouquets pour Jean, Jeanne, saumon nouveau, saumon*, etc., etc.).

— Une petite estampe coloriée : *la marchande de fleurs des
prés St-Gervais,*

Un capitaine des armées de la république, accompagné de sa
belle, s'arrête devant la bouquetière :

Avez vous une branche de laurier, la mère?
Mon officier, vous en trouverez aux frontières.

XIXᵉ siècle — Suite des cris des marchands ambulants de
Paris, de Duplessis-Bertaux.

Douze pièces petit in-12 en hauteur, avec le titre des métiers
sans le cri.

— Arts, métiers et cris de Paris dessinés par Joly d'après
nature. *A Paris, chez Martinet, rue du Coq, nᵒ 15*, s. d. (1815).
In-8.

Recueil déposé à la Bibliothèque impériale. Suite de 60 planches de costumes parisiens, gravées en couleurs : dans presque tous les exemplaires on a pris la planche 57 représentant le *colleur d'affiches* pour en faire le frontispice, en la remplaçant par la planche n° 1 qui, de la sorte, devient la 57°: *Le balayeur*. En légendes, au dessous de chaque figure, le cri.

— Les Petits acteurs du grand théâtre, ou recueil de divers cris de Paris, dessinés par Joly, d'après nature. *A Paris, chez Martinet, rue du Coq, n° 15*, s. d. (1815). In-4.

Même suite que la précédente, composée aussi de 60 planches coloriées. Elle est précédée de 5 ff. de texte. En comparant les épreuves de ces deux suites, on peut conclure que la première est de premier tirage.

Quelques années plus tard, vers 1820, Th. Landseer publiait, à Londres, une suite des mêmes figures gravées par lui en couleur dont le titre est : *Costume of the Lower orders in Paris*, (*marchand de chiens, vendeur de coco, marchand de chansons*), etc... etc.

Déjà, en 1806, dans un ouvrage intitulé: *A sporting tour through various parts of France, in the year, 1802*, etc.. *by colonel Thornton*, on trouve, parmi les cinquante deux planches dont 46 gravées à l'aquatinte par Bryant et Mérigot, une série de douze figures très curieuses des petits métiers de Paris.

— Nouveaux cris de Paris, dessinés d'après nature et exécutés d'après les procédés lithographiques de Engelmann, par Roehn. *A Paris, chez Nepveu, libraire, passage des Panoramas, n° 26, et Engelmann, rue Cassette, 18*. 1817. Gr. in-8.

Une livraison sous couverture chamois. 9 figures en couleur. Cet ouvrage n'a pas eu de suite.

— Cris de Paris, dessinés par Ch. Aubry, Naudet fecit.
A Paris, chez Genty, rue S. Jacques, nᵒ 33, s. d. (1818). Pet.
in-fᵒ.

> Déposé au bureau des estampes. Sans titre.
> Suite d'une douzaine de figures coloriées parmi lesquelles : *la
> marchande de poisson, le ramoneur, la marchande de lait, le
> marchand de tisanne, la marchande de bouquets, le marchand de
> planches à bouteilles, la marchande de chiffons, l'écaillère, le
> chaudronnier, le marchand d'encre, le marchand de parapluies,
> le marchand d'habits*, etc.

— Costum of Paris the incidents taken from nature designed
and drawn on stones by J. Jᵠᵘᵉˢ Chalon, 1820. *London,
published and sold by Rotwell and Martin, new bond street.*
In-fol.

> C. Hullmaudets lithograph.
> *Les tondeuses de chiens ; le caffé ; les bonnes ; la petite fruitière ;
> la marchande de tisanne*, etc...
> La désignation des petits métiers est en français. Chaque planche
> porte le nom du dessinateur et l'adresse des éditeurs en anglais.

— Les Cris de Paris, avec accompagnement de musique, dessinés par Vathier. *Paris, chez Engelmann, rue Louis-le-
Grand, nᵒ 27*. 1822. Pet. in-8.

> Le cri est noté au bas de chaque planche : *mar...chand d'ha-
> bits, vieux ga...lons ; ache...tez des mottes à bru...ler ; à l'eau !
> qui est-ce qui veut boire ? Carre...ler sou...liers ; tout chaud, tout
> chaud, çà brule, çà brule ; ciseaux à repasser ; faut-il des pail...-
> las...sons ? 45 sous la sureté ; à la bonne friture ; recevez la
> goutte, cassez la croute ? la raie, la raie toute en vie !*

— Les Cris de Paris, jolie suite publiée chez *Martinet, rue du
Marais*, lithographies en couleurs, par C. Motte.

> *En v'la de la salade ; ma belle botte d'asperges ! des fraises
> fraises, des fraises ! : à trois de six blancs, les rouges et les
> blancs ! Qui demande un porteur par là, qui demande un porteur ?
> V'là la marchande d'oies, en voulez-vous un bel oie ! beau melon,
> beau melon.*

— Cris de Paris, dessinés d'après nature, par C. Vernet. *A Paris, chez Delpech, quai Voltaire, n° 23.*

> Très belle suite de cent lithographies en couleur, dont les exemplaires avec le titre sont des plus rares.
>
> Il y a aussi des exemplaires où les figures sont en noir.
>
> Dans le recueil factice (cote 135 c 79 Réserve des estampes de la Bibliothèque nationale) six planches de Carle Vernet, gravées par Debucourt, d'un format plus grand que la série précédente : *Rempailleuse de chaises — le marchand de saucisses — la marchande d'eau de vie — la marchande de poissons, il n'y a pas de feu sans fumée — la marchande de coco.*

— Les Cris de Paris. *A Paris, chez Marcilly fils aîné, rue Saint-Jacques, n° 21.*

> Suite de 27 petites planches finement gravées, dont une faisant titre. 40/27 millimètres, costumes de 1825 ; pour légende, le cri.

— Les Cris de Paris.

> Jolie suite de 21 figures, format des cartes à jouer, commençant par le commissaire vis-à-vis duquel une carte blanche. En regard des autres costumes des marchands et marchandes des rues, carte avec couplet relatif au cri.

CARRELEUR DE SOULIERS !

> La vie, au dire du sage,
> N'est pour l'homme qu'un voyage.
> En songeant à cet adage,
> Mortels, sur votre passage,
> Songez, parmi les sentiers,
> Au carreleur de souliers.
> *Carreleur de souliers !*

— Cris de Paris et mœurs populaires dessinés par V. Adam, intitulés aussi *Cries of Paris and plebeian costums drawn by V. Adam.* (15 sujets portant le nom du métier en français et en anglais. Publiés à *Paris le 1ᵉʳ février 1832 par Jeannin,*

*rue du Croissant, n° 20, published to London by Ch. Till, 26,
Fleet-street et à New-York by Bailly and Word, R. 96, W. 3.,*
s. d. (vers 1832).

Deux autres suites de V. Adam (la famille du père Adam) ont
été publiées plus tard chez *Munrocq, frères, éditeurs.*

— Achetez l'Alphabet des Cris de Paris. *Lith. Malo, rue du
Marais.*

Pour le Z, : *d'Zhannetons, d'Zhannetons pour un yard !*
Bonne leçon d'orthographe à l'usage des enfants !

— Les Cris de Paris, d'H. Monnier, gravés par Birouste.
*Paris, chez Clemarec, libraire et fabricant d'images, rue
Saint-Jacques, 19.*

Douze des dessins publiés dans *Les Industriels.*

— Alphabet des Cris de Paris. *Paris, chez les marchands
de nouveautés, lithographie de Fourquemies, rue du Four-
Saint-Germain, 17.*

— 18 types parisiens. Imp. Lemercier. *Paris, Ch. Boivin,
éditeur, 28, boulevard Poissonnière.*

Cris de Paris. Le 1er feuillet des Alphabets à l'usage des
artistes, publiés à *Paris, maison Basset,* album oblong
composé de 18 planches est consacré aux Cris de Paris. Il y
en a 26. Chaque lettre est représentée par un sujet appro-
prié au cri. — *Almanachs, balais, chaudronniers,* etc.
Marrons bouillants. — *Oranges, parapluie, vitrier,* très jolies
petites compositions finement gravées.

Antérieurement, chez Basset, marchand d'estampes,
avait paru une suite de cris de Paris, non datée, composée de feuillets contenant chacun 16 sujets assez grossièrement coloriés ; du reste, dans l'imagerie populaire, la

6

part faite aux Cris de Paris et aux petits métiers a été
grande. Les alphabets, les abécédaires, les images sont
en quantité et, pour n'en citer que quelques-unes, j'in-
diquerai seulement les suites de Nancy, de la fabrique de
P. Lacour, imprimeur-imagiste faubourg Saint-Georges;
de Metz, fabrique d'estampes de Damboux et Gaugel, et
celles, plus répandues encore, publiées par la maison
Pellerin, d'Épinal, fondée en 1796. Dès la création de
l'imagerie il a été fait des images ayant trait aux Cris de
Paris et aux Métiers; puis, quand les costumes se démo-
dèrent trop ou que les cris ou métiers changeaient, il en
était créé de nouvelles plus en rapport avec le temps.
Voici pour l'époque contemporaine : L'Alphabet des Cris
de Paris, 25 types coloriés ; celui des petits métiers (vers
1865) ; les cris de Paris (marchands ambulants vers 1860)
16 types avec le nom du métier et le cri : marchande
d'œufs, à trois de six blancs ! les rouges et les blancs ? ;
Marchande de légumes, ma belle chicorée sauvage et de
la salade ! Marchand de coco, à la fraîche qui veut boire !
Marchand de légumes et de bonnes pommes de terre, au
boisseau ! au boisseau ! Marchande d'artichauts, à la ten-
dresse, verduresse, artichauts, artichauts ! Bouquetière,
fleurissez-vous, mesdames, de bien belles roses! Marchand de chiffons, chiffons, ferraille à vendre! Marchande
de cerises, à la douce cerise, à la douce! Marchande de
noix vertes, cassez les vertes, cassez les noix vertes !
Marchand de balais, balais, balais, achetez de beaux
balais ! Marchande de marée, à la barque, à la barque,
qu'il est beau le maquereau ! Marchand d'habits, habits,

habits, marchand d'habits ! *Marchande de poires*, cuites
au four ! et des bonnes poires toutes chaudes ! *Ramoneur
et marchand de peaux de lapins,* haut en bas ! voulez-vous
des peaux de lapins ? *Marchande de cartons,* beaux cartons ! pour serrer vos chapeaux, mesdames ! *Porteur
d'eau,* à l'eau, à l'eau !

— Les Cris de Paris (grotesques) 20 types coloriés très
amusants.

— Les Petits Métiers réunis où le personnage du milieu réunit
en une seule combinaison la mise en œuvre de ses différentes industries.

Depuis le *marchand de souliers vieulx* du recueil
unique de la Bibliothèque de l'Arsenal jusqu'au *marchand d'habits, vieux habits, vieux habits,* de l'imagerie
d'Épinal, depuis le justaucorps, le haut-de-chausses, le
couvre-chef du Moyen-Age jusqu'au costume banal et
vulgaire de nos jours, que de chemin parcouru ! Chacune des étapes en est marquée, non seulement par des
changements dans la forme et la couleur des vêtements,
mais encore dans les traits et la physionomie du visage.
Chaque règne, pour ainsi dire, a son type. Ceux des
époques de nos anciens rois, de la Révolution, du premier Empire, de la Restauration, de la Monarchie de
Juillet, du second Empire, sont bien différents les uns
des autres. Aussi la série des estampes des cris de Paris
est-elle amusante, intéressante même à feuilleter pour
ceux qui, vivant dans le culte du passé, veulent se ren-
dre compte des usages et des habitudes d'autrefois,

suivre pas à pas les modifications apportées par le temps.

Car tout change, et avec le vieux Paris qui s'en va, bien des petits métiers ne sont plus aujourd'hui qu'à l'état de souvenir.

Déjà en 1845, nous dit l'immortel Balzac dans un charmant article écrit pour le *Diable à Paris* — ce qui disparait dans Paris —, « l'épicier a supprimé le marchand de mort-aux-rats, le marchand de briquets, d'amadou, de pierre à fusil. Les limonadiers ont absorbé les vendeurs de boissons fraiches. Bientôt un marchand de coco sera comme un problème insoluble quand on verra sa portraiture originale, ses sonnettes, ses belles timbales d'argent, le hanap sans pied de nos ancêtres, les lis de l'orfèvrerie, l'orgueil des bourgeois, et son château d'eau pomponné, cramoisi de soieries, à panaches dont plusieurs étaient en argent ».

En effet, on ne le rencontre plus aujourd'hui. Disparus aussi, le légendaire marchand d'habits, coiffé d'un chapeau à haute forme, le cor de chasse en sautoir, une paire de bottes d'une main, une guitare de l'autre..., le marchand d'encre qui faisait annoncer sa marchandise par son fils qu'il tenait par la main : « Papa vend de l'encre », disait le petit ; « L'enfant a raison », répliquait le père d'une voix grave et profonde. Disparus, l'acrobate des rues, l'homme-orchestre des Champs-Élysées, appelé sous la Restauration le *Troubadour parisien*, Fanfan le batoniste, Mangin, son casque d'or, ses crayons, son fidèle Vert-de-Gris, et tant d'autres que nous ne verrons plus jamais !

Ce n'est pas sans un certain sentiment de tristesse que
l'on voit passer toutes choses ! les années plus vite encore que le reste. Elles emportent avec elles les
vieilles coutumes, les anciens usages et aussi, hélas ! la
jeunesse, cet heureux âge où l'on ne pouvait entendre
sans sauter de joie crier sous les fenêtres de la maison
familiale : *Ah ! la lanterne magique, la pièce curieuse.*

Comme dans une lanterne magique d'antan, j'ai fait
défiler bien des livres et des recueils d'estampes sous les
yeux de mes lecteurs. Je ne puis leur demander d'y
trouver le plaisir qu'ils éprouvaient jadis en voyant pa-
raître, sur le drap blanc bien tendu, *Monsieur le Vent et
Madame la Pluie, le Petit Poucet, Barbe-Bleue, les Petits
bateaux qui vont sur l'eau,* etc., etc. Mais je leur réclame
pour mon travail d'aujourd'hui, très incomplet sans
doute, toute la bienveillance qu'ils m'ont témoignée
pour le *Coup d'œil sur les almanachs illustrés du
XVIIIe siècle.* Ils pensaient alors, et je souhaite qu'il en
soit encore ainsi, que, comme le dit si bien Musset, dans
sa délicieuse nouvelle de *Mimi-Pinson,* « qui dit ce qu'il
sait, qui donne ce qu'il a, qui fait ce qu'il peut n'est pas
tenu à davantage ».

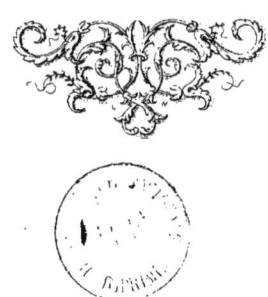

PARIS-VENDÔME — IMP. F. EMPAYTAZ ; G. VILETTE, SUCCr

www.ingramcontent.com/pod-product-compliance
Lightning Source LLC
Chambersburg PA
CBHW061657180626
46818CB00003B/1146